그리움의 크기

이 도서의 국립중앙도서관 출판예정도서목록(CIP)은 서지정보유통지원시스템 홈페이지(http://seoji.nl.go.kr)와 국가자료종합목록 구축시스템(http://kolis-net.nl.go.kr)에서 이용하실 수 있습니다.

(CIP제어번호 : CIP2020038455)

J.H CLASSIC 060

그리움의 크기

조영심 시집

지혜

시인의 말

한 편의 서사 같은 한 줄 시를 얻고 싶습니다

2020년 9월 넘너리에서

조영심

차례

2부 그리움의 크기

3부 쉼표를 연주하라

4부 사라진 것들은 어디로 가는가

9

1부

시월의 봄

그리움

소리 없이 와도
네 소리가 가장 크다

여자만 가는 길

여자만 가는 길이라니
누가 처음 이 길을 걸었단 말인가
길은 걸어야 비로소 길이 되는데
얼마나 많은 세상의 여자들이
스치고 또 스치며 걷고 또 걸어서
여자의 길을 터놓았단 말인가
오로지 여자만 가는 길이라
야생의 험한 것들로부터 안온한 마당 안쪽
초속의 질주로부터 속도 줄인 바닷가 여백 쪽
마음에 붉은 주단을 깔듯 감싸듯 섬기듯
단호한 금지선까지 양쪽에 그려 놓은 길
발걸음 가벼운 여자만 디딜 수 있는
오동도에서 시작된 여자만* 가는 길
분명, 여자만 들어서는 호젓한 길에
저만치 어깨 흔들며 한 사내가 간다
어떤 여자만을 생각하며 가는 것일까
남자의 여자를 방해하고 싶지 않아
길에서 길을 잃고 길을 찾듯
여자만 가는 길을 벗어나
인도로 간다 멀리

* 전남 여수시 소라면 여자만女自灣.

길을 잃다

처음 바람이 불어오는 쪽으로
나를 더듬어 가던 지방도 55번길

시평詩坪마을

말을 다듬어 시詩로 일구어낸 마을이라니
몇 평의 시詩로 마을 사람들은 터를 닦았을까
산이며 나무 풀 돌멩이 흙 시냇물까지
살림터를 온통 시詩로 다져놓고
튼실한 시詩로 대들보를 올린 지붕마다
흙마루에 내린 몇 홉 햇살이며
둘러친 산 능선의 구름 몇 섬
토방을 스치는 되가웃의 바람
뒷산 돌을 떼어 벼루로 갈아
시詩와 문장을 노래하는 마을

강의 시원 밤샘을 찾아 나서다
시평에서 길을 잃고
시詩를 만나고자 밤샘 길을 찾고

꽃그늘

꽃비 몰고 꽃 오시는 꽃사월 꽃향기 젖도록 꽃울음 냅니다

폐암 말기, 일흔여섯 해를 이끌어온 몸, 골 깊은 가난의 짐이나 형제 많은 맏이 노릇이나 숨 가쁜 등짐 아닌 적 없었던 삶, 이제야 돌아보니

그 순간이 다 꽃잎이었고 그 고비가 다 꽃송이였다고

거친 숨 몰아쉴 적마다 병실 창밖 꽃잎들 꽃사래 치고 있는데

한 몸 고이 뉘일 꽃그늘에 실바람이 설움의 꽃눈을 꿰어 눈물 한 땀에 눈물 한 땀을 덧입혀 꽃방석을 짜는 오후, 꽃구름 타고 꽃잠 자듯 저꽃 오듯 이꽃 지듯

제 한숨에도 잠이 옵니다 나눠주신 이 꽃그늘 참 좋은 옷 한 벌입니다 당신,

시월의 봄

시월에 사월의 봄을 건넌다는 너의 우주는 시월일까 사월일까

보랏빛 꽃송이들이 하늘에 분칠하는 지금

나는 언제나 섬이요 키 작은 봄풀도 서너 척 오엽송도 몇 척이라고 읊는 내 가슴은 시월의 섬일 것인가 섬의 사월일 것인가

제 꽃향기 한 모금 변변히 뿜지 못하고 어느 한 조각 다짐도 선선하지 못했던 시월의 시린 어깨 어딘가에서

고개 숙여 나를 내려 보던 너를 털고 먼 하늘로 눈빛 쏘아 도톰한 꽃심으로 말을 건네던 그날을, 두고, 두고 사월이라 할 수 있을 것인가 정녕코

시월에 맞이하는 어느 쓸쓸한 봄날에

혼자 떨어져 오지게 견디던 내가 꽃받침 하나 없는 꽃으로 살다 순간, 꽃마저 사라지고 오로지 색깔 하나로만 기억될지라도

\>

　시월의 외진 봄날들도 꽃처럼 살다 보면 서로가 환한 꽃으로 번지지 않겠냐고 사월에 너를 떠보고 알뜰한 시월에게 물어본다

　시월 어디쯤에 사월은 살고 있나

모천 가는 길

한 겹 또 한 겹
겹겹의 푸른 안개를 헤치며
앞인지 옆인지 여긴지 거긴지 발치를 분간할 수 없는 길로
그것이 저것 같고 저것이 그것 같아
짓무른 안개의 허리를 틀어 길을 냅니다

안개는 저를 지웠다가 다시 저를 여미며
시작과 끝을 지웁니다
나는 안개 속 물의 기억만으로 내 처음 숨결을 떠올릴 뿐
한 발짝 디딘 발길에 다시 한 발을 얹어 한 걸음씩 나아갈 뿐

더딘 숨, 젖을 대로 젖은 남루

안개가 안개를 삼키고 내가 안개를 삼키고
다시 안개가 나를 삼켜
이미 들어선 길 놓친다 할지라도
햇살과 달그림자와 별빛으로 각인된 내 모천의 숨길만은
지워지지 않는 생과 생의 일방통로

눈 뜬 채 눈먼 내 모천은 아득하여

\>

끝을 알 수 없는 물길 따라 거슬러만 갑니다
그곳에 이르는 길이 하, 소삽한 꿈길일지라도
기어이 내가 당도할 거기

청자상감매로학접문사이호

青磁象嵌梅蘆鶴蝶文四耳壺

이렇게 긴 이름을 붙여야만 나도 너를 빚을 수 있겠다
작은 어깨에 네 개의 고리를 단 청자 한 점

사철 네가 오는 길목에 청잣빛 바람은 불고
달빛 새겨진 갈대숲엔 말가웃의 외로움도 머물렀나니

꽃 등불이 밝힌 매화 담장,
학의 목이 되어 봄날이 다 가도록 내 안을 기웃거렸나니

먼발치 아롱거리다 훌쩍 가버린 사람아
바람 없이도 무슨 무늬가 되어 천년을 넘기고도 여태 나를 흔
드는 사람아

바람 속을 걸어 나오자
아뿔싸, 내 어깨를 잡은 흔적

누가 사라진 것들을 불러내고 나를 도려낸 그 자리에
네 마음을 각인하여 울게 하는가

정, 떼다

모르고 드는 것이 정이라

대청을 빗질하며 무심히 **드나드는 바람이라** 마음이 먼저 알고 **앞서 건너는 강이라** 저도 모르는 사이 옷 적시고 살갗을 간지럽히는 **가랑비라** 들고난 후 찰대로 차야만 **넘쳐버리는 보漁인 것이라** 정은 **그런 것이라**

너와 나 사이를 수도 없이 오가며 **터놓은 길이라** 수백 수천의 눈길로 알게 모르게 **지워버린 간격이라** 서로에게 **흡수된 액체라** 네가 맘이 아프면 내가 덩달아 쓰러오는 **생채기인지라** 고통으로 **휘게 하는 서로의 등짐이라**

우리는 달빛 속 그림자인지라

가까울수록 짧아지고 멀수록 **길어지는 해바라기라** 그것이 정**인지라** 든 자리 모르고 있다가 난 자리에 가슴 철렁, **멍드는 사랑인지라**

망각의 강가에서도 나직이 입술만 달싹거려도 한 번 든 정은 홀연히 **되살아나는 눈빛이라**

긁어 파고 긁어 새긴 우리의 이름을 묻은, **무던한 무덤인지라**

담살이

그깟 모본단 한 감에
팔자가 뒤바뀌는 세상도 있었나니
하, 방죽안댁 큰아들
징용장 바꿔치기한 구장 덕택에 현해탄을 건넜으나
끝내 돌아오지 못했는데,
낮은 토방엔 개맨드라미만 붉디붉게 피고 질 뿐,

열 살배기 막내,
홀어미 그늘에서 숨 쉬는 것도 부끄러워
밥 수저 드는 것도 죄만 같아
두 발 부르트도록 가파른 강둑이며 논두렁 밭두렁
죄다 훑고 다녔는데
안터 부잣집 꼴머슴 풋내 나는 낫질에 허기진 꼴망태,
그 꼴이 그 꼴이었는데

허, 아비 없는 울타리는 주인 없는 대문
시도 때도 없는 공출이며 수탈이며
도적들 먹거리 곳간, 진귀한 고방이 따로 있다더냐
살아생전 머슴살이 면해볼 날 오긴 온다더냐

\>

푸른 설움 악물고 황소처럼 일만 해도,
예나 지금이나
타고난 팔자
현고학생부군신위 여덟 자는 바뀔 줄 몰라
담살이 후에 다시 찾은 그 울타리 설운 자리에
새 꽃은 피고 지고 또 피고 지고

드난살이 마치고 머리 얹어도 또 담살이 담살이
모본단 한 감이 아직도 통하는 세상
언제 이 담들 허물어질까
곳곳마다 거대한 담

드라이브 스루

처음엔 재미가 반이었다

길을 가다 영구차가 보이면 이때다 싶게
목소리 가다듬어 모닝커피를 주문하듯
드라이브 스루 방식으로 소리쳐 보는 것인데

"나의 액운도 다~아 가져 가주시오~"

방죽안댁 청상 우리 외할머니
동네 초상이 나자 꽃상여 꽁무니에 대고
누구라도 들을세라 가만가만
입말로 그렇게 달싹거렸던 것인데

어린 자식 넷 놓고 가버린 지아비
징용 가 돌아오지 못한 큰아들까지
굴곡마다 낀 생의 녹슨 액운을
징 소리 하나 없는 푸닥거리로
독경 외듯 불러내는 액땜인 것인데

재미 삼아 드라이브 스루로 외쳐대다가

저런! 마지막 길도 서러운데 내 짊조차 지워
삼도천을 휘청이며 건너게 하랴
다시! 노잣돈 꽂듯 재미 쏙 빼고 주문한다

" 부디 모든 것 탈탈 털고 편히 가시오~"

타드랑, 발을 묶어

타드랑, 두 발이 묶였다 때론 리듬도 쇠사슬이다 어디, 먼 곳에 있을 거라 여기던 한 남자의 그림자도 길바닥에 쪼그려 앉아 나를 울린다

연주에 귀가 홀려 무턱대고 자리를 잡았던 것인데, 오래 들여다볼 요량으로 살짝 지갑을 꺼냈던 참인데

모자에 떨어지는 동전과 동전의 틈새로, 넘너리 바닷가에 걸쳐두고 온 하늘 한 자락이 찢겨져 여독처럼 쌓이는데

검은 이마의 연주자가 미간을 찌푸리다가 입술을 실룩이더니 이내 턱을 끄덕인다 커다란 눈망울과 배불뚝이 사내의 완고한 완장 사이에서 각자의 삶이 색깔을 바꿔가며 몸부림친다

무엇이 저들을 묶고 있는가 한 평 남짓한 악기 좌판, 판을 접고 펴는 일밖에 다른 재주가 없었을 낡은 옷소매로 하나 둘 초저녁별이 뜨고

타드랑 리듬이 내 발걸음마다 타드랑, 저녁 어스름 기어들고 오늘도 갈 길은 멀고도 멀어 타드랑 타드랑,

>

알고 보면,

누구나 제자리에 서 있는 것이다

부적 2
― 시 또는 그림

물감 통 하나 달랑 둘러메고 시의 길모퉁이를 떠돌아다닌 가난한 화가가 있지 시가 될지 그림이 될지 모르는 요망한 년……, 시부렁거리는 너의 목소리는 잘 그려진 잘 써진 부적이야, 그게 시야 그림이야! 비아냥거려도 시인은 그림을 그리고 화가는 시를 쓰게 되는 거지

저기 개똥밭에 장미가 있어 모든 것을 백만 송이 그 장미꽃에 걸었다고 하자 말해봐, 지금 내가 떠나보낸 것은 시야 그림이야

내가 그를 밀쳐내고 사람들은 여전히 그의 그림에서 나의 시를 읽어내지 못하는 동안, 물감을 쥐어짜듯 늘 배고픈 그에게 꽃은 꽃일 뿐 백만 번이고 꺾일 시일뿐 시들어버렸을 뿐

환청으로 말을 걸어오는 꽃향기, 그림에 시를 불러들인 것일까 시를 그림으로 받아 적은 것일까 이게 그림이야 시야, 옘병하네……, 니가 아무리 눈을 흘겨도

이 부적 사실 분 계셔요?

동무생각

사스랑 사스랑 저문 강을 지우는 억새풀 강가에서
이야기하듯 속목을 풀어보는 것인데
동무여,
수궁으로 초대한 영산강*을 걸 지게 풀어놓느라
행간마다 한 송이 꽃이 되었다가
팔랑팔랑 나비가 되었다가
어떤 음절에선 선들 발림으로 흥을 돋우고
한 숨을 넘어갈 적에 부채 잡은 광대가 되어
펼치고 접는 사설 솜씨라니, 밀었다가 당기고
또 달고 맺고 푸는 걸쭉한 입말은 어떻고
귀명창이면 옳거니, 하며 무릎을 쳤을 것이고
눈 명창이면 그렇지, 하고 따라 치기를 덧붙였나니
맥 빠진 나의 아니리에 추임새로 북장단 다잡던
고수여,
한바탕 잘 놀고 자리 털털 털고 나더니
나이 쉰 줄이면 하늘의 이치를 깨우친단 말인가
동지冬至, 그 짧은 햇살 달그림자에 물리고
뗏자리 옮기다니 옮겨버리다니
한 편의 소설 같은 몇 줄 시를 얻자더니
그러자더니

* 양해열 시인(1963-2019), 『영산수궁가』, 『고수』.

피아노 맨

꼭 끌어안고 건반을 누르다 무대에서 말을 건다

가슴팍 넓은 훤칠하게 잘 다듬어진 몸매다
그랜드 피아노 한 대다
사람이 아니다
악기를 넘어선다 피아노 한 대를 꿀꺽 삼킨 막심이다

이런 맹목을 소리로 드러낸 사랑의 은유다

붉은 옷소매에서 강이 불려 나와
흐르고 굽이쳐 바다가 된다
오직 손끝 감각만으로
소리의 수레바퀴를 깎아내는 운편의 화신이다

그대 굵은 땀방울 떨어지는 소리에
한 사람을 삼켜버린 피아노가 소리 죽여 우는데

사라진 함성이 젖어 든 커튼콜을 바닥에 깔고
검푸른 산으로 깊어진다

새를 쫓는 사람들

손바닥에 모이를 올려놓고 무작정 기다려본다
너를 불러들이려고 미끼를 단 셈이다

무거운 렌즈를 어깨에 둘러멘 한 무리의 사람들이 지나간다
한쪽은 낚싯밥을 내걸고 걸려들기를 기다리고
다른 한쪽은 떡밥을 들고 찾으러 나선 것이다

저 높은 곳에서 내 손의 먹이를 본 것인지
기다리는 나를 본 것인지
붉은 목도리를 두른 초록빛 깃털의 네가 내려앉는다

미끼를 미끼로 여기지 않는 너 때문에
잠시 나는 키 작은 나무가 되기로 한다
너를 향한 마음을 그토록 몰라주었던 그때의 너처럼
눈 맞추고도 딴청을 부리는 것인데

새를 찾아 숲속으로 걸어 들어간 이들은
이미 숲이 되었고
새를 불러놓고 꼼짝도 못 하는 나는 나뭇가지 되어 서 있다

2부

그리움의 크기

그리움의 크기

그리움에는 닿지도 못할 한 뼘 엽서를 본다

휠체어에 앉은 그녀가
간절한 전언인 양
최초의 선언인 양
붙잡고 있는

방금 보았지만 돌아서면 다시, 울컥
보고 싶어지는 온몸이 서늘해지는 그림

몸과 정신의 이별을 견딤으로 버티는 벼랑 끝에서도 한 줄 소
식에 달게, 매달리는 날들

단단한 그리움 아쉬움 모두를 이 작은 종이 그릇에 어떻게 다
담을 수 있을까

바다 건너온 바람이 소리 높여 활자를 읽어주자
다섯 줄 골똘한 단문
한 뼘씩 목마른 곡절로 행간을 넓혀가며
다섯 장 장문으로 커가는 중인지

하늘이 땅이 알고 있을
그녀만의 방언,
내 속까지 파고드는 둥그런 파동
자꾸 터져만 간다

회화

오시는가 하여 당신의 창가에 앉았습니다 진득하게 내리는 비는 어느 애통의 시간을 건너가더니 창밖에 내 존재를 밝히던 불빛마저 검게 적시고요

제 노래를 잊은 참새들이 홀로 선 벚나무에 낮고 작은 그림자로 앉자 이 밤도 비로소 쉽게 젖어가는 중입니다

늦게 당도한 여린 빗방울만 멈춤 없이 내 연애의 기억 속으로 흐르고 있어요 바람의 땅에, 빗살이 세워지는 거기에 입술로 당신의 이름을 그려봅니다

당신은 덩그렁 빗살무늬 쇠북, 당신의 가슴팍을 두드리며 기대었던 나는, 제풀에 겨워 숨결이 풀리고 풀어져 바스러져가는 나무입니다

어찌 나무가 쇠를 견딜까요

당신은 그림자도 없이, 젖을 줄도 모르고 짙은 빗속으로 다시 멀어져 갑니다 그 창살로 나를 치소서

우리는

솔잎 하나만 떨어져도
온 산빛이 줄고
한 방울 눈물로도
온 우주를 다 적신다는데

하물며
너 없이는 나에게
나 없이는 너에게
하늘이 땅이 바다가 산이
어찌 온전하랴

흔들리지 않을 수 없어
다소 흔들리더라도
우리는 우리

간다, 물 먹으러

숨, 쉬려다 물 먹고 물, 참으려다 숨을 먹는다

그날처럼

대여섯 자 깊이 물속에서 날숨을 잡아 수중 길을 찾는다

그날은 몇 레인이었더라

길을 트려거든 나부터 내어놓으라는 것인데 이때다 싶으면 뻣뻣한 내가 있고 이 정도다 싶었는데 알량한 내가 고개를 들어 여지없이 따로 놀고 물 먹고 만다

그날은 스포츠가 아니야

길을 찾는 것도 따르는 것도 힘을 빼야 가능하지 잡을 곳 하나 없는 물속에서도
터~억 나를 놓고 손을 내밀면 생겨나는 손잡이, 물의 꼭지를 잡고 물을 타며 물이고 뭍을 가리지 않는 수중 나비처럼 춤추러

그날처럼 물의 속살을 내뱉진 않을 것이다

간다, 물 먹으러 더는 물 먹지 않으려고 물속으로

레슨 일기

달리기 챔피언이 왜 맨날 연습을 허간디

아랫배에 숨을 채워 평수를 늘려봐 올챙이배가 될 때까지
깡통에 기름이 꽈악 차 있을 때 차가 얼마나 심이 좋것어
그듯기 숨을 심껏 늘려놔야 내 지르는 소리가 지름 지거든

심 없이 숨으로만 말혀봐 입술로 깔딱거리는 거 말이여
근다고 맥없이 소리만 질러싸면 듣는 귀가 껄끄러운 것이고

공기 반 소리 반이란 말 있잖여
들고 나는 소리는 숨을 품고 나와야 보다닥허니
듣기 좋은 소리가 되는 벱이여

같은 말이라도 듣기 좋은 말이 있고 귀가 깔깔한 말이 있잖여
지 숨을 자유자재로 쓰는 것도 지 연습이고 다 지 노력이여

결승점서 안 넘어질라고 그런디야
자꾸 그런디야

돌무덤

말로 할 수 없는 말들이 있다
말의 지극함이 날아갈까봐
고비를 넘어야 할 딱, 그 고개쯤
끌고 온 벅찬 숨을 고르는 그 자리쯤에
누군가

숨을 눌러 덮어야 할 한 소절을
천둥·번개로 끊어진 침묵의 돌로 눌러놓는 것이다
초원이 내려다보이는 모골이 송연한 산허리
어둠이 제풀에 지쳐 누워버리고
모래 알갱이처럼 빛이 일어나는 시간
쌓아놓은 낮은 말들
솔로 먼지를 털 듯
산 중턱을 넘어온 바람 채로 거르고
하룻밤이면 하늘로 이어지는 별천지를 오가며
묻어둔 말들이 바람 숭숭 돌의 뼈가 될 때까지

여린 햇살로 익혀진 돌무지에
간절함이 새겨지느라 푸르게 흘러가는
소리들

돌의 탑을 돌고 돌아 다시 말의 빛이 되는
말로는 다 할 수 없는

살아온, 살아있는, 살아있을,
내 말들의 무덤

요절시인께 드리는 편지

산문에 기대어* 묻습니다
좋은 시 한 편 쓰고 가라더니요
병아리 이빨 닦는 소리도 들으라기에
십여 년 들은 풍월로 **담을 헐고**** **소리의 정원**에서
막 정원사 노릇 하려던 참이었는데요
남도의 밤 식탁 머리 밭
시간의 마모를 견딜 **달궁아리랑**과 **빨치산**
고향 땅 **사구시의 노래**쯤에서
여기서 시가 안 나오면 어디서 나오냐셨지요
우리들의 땅
언 땅에 조선 매화 한 그루 심고
자다가도 그대 생각하면 웃는다며
바람에 지는 아픈 꽃잎처럼 오실랑가요
수저통에 비치는 저녁노을로 오실랑가요
별밤지기 되어 하늘 돌 **파천무**로 오실랑가요
꿈꾸는 섬을 굽어보는 어초장 뜰
그때 묻힌 종이 컹컹 짖어대는 봄날엔
낚시하고 군불 지피러 휭 하니 다녀가실랑가요
허공에 거적을 펴고
새야 새야 파랑새야 불러 쌓더니

멀디먼 **흑룡만리**로 뜨시다니요

백세를 사는 이 질긴 시대에

요절이라면 **통**하실 건가요

어젯밤 꿈길처럼 숨이 돌아오시면

아도에 다순 밥 한 그릇 준비하지요

질그릇처럼 웃어 주실 거지요

다시 **산문에 기대어** 묻습니다

머덜라고 시 쓰냐고

* 송수권 시인(2016년4월4일 별세) 총18권의 시집 제목을 차용.
** 조영심 시집『담을 헐다』,『소리의 정원』.

중고

첫 시집이 인터넷 중고 사이트에 나왔다

"중고 도서지만 아주 깨끗합니다"

배송비용까지 더하면 정가를 웃도는 가격
중고가 원가보다 더 비싼 묘한 계산법이라니
누가 나의 앳된 첫사랑을 안다미로 모셨단 말인가

나도 중고다

"열심히 살아왔으나 아직도 쓸만합니다"

겉과 속은 다를 수 있어도 그건 중고의 특성이라
천간 지지의 갑자를 대 여섯 번 도는 동안
알게 모르게 훔친 눈물 한 고리쯤 족히 채웠고
미간에 패인 주름은 고비를 넘느라 애쓴 흔적
천둥 번개 비바람과 햇살로 다져진 연륜까지
이만하면, 값을 매길 수 없는 귀한 골동품
온새미로 빛나는 중고 아니겠는가

>

웬걸, 중고『담을 헐다』일시 품절이다

그렇담, 담 빠진 중고 나도 품절 임박이다

높고 깊고 견고한

　한 줌 어둠이 되어 은교리 낮은 언덕배기로 젖은 풀섶 헤치며 그윽한 어둠 속에서 성큼성큼 한 사내가

　걸어 나온다 마디마디 메워주던 살집이며 말도 떼기 전 어린 것 어르던 눈매, 살짝 손목을 끌어당기던 뜨거운 입김, 하 그리움이 사무쳤을까 금방 다시 올 것처럼 집을 나서던 그 건장한 골격으로 붉은 황토 분가루 툭툭 털며

　일어 나온다 불러본 적 없지만, 꼭 불러보고 싶었던 간절한 음절, 입술에 닿던 모든 말 중에서 가장 어색하고 가장 절실한 한 생의 가장 눈부신 호명이

　터져 나올 것 같다 먼 기억은 꿈길로 통하는 서로의 길섶, 이승을 벗어났을 때 곡절처럼 다시 만나 질 백골의 젊은 아버지와 애비 없이 육십갑자를 홀로 돌아온 어린 아들이 죄인처럼 마주 앉아 소리 죽여 우는 밤이

　슬그머니 왔다 애잔한 두 가슴, 절절히 얽히고설킨 훈짐으로 둘이 하나 되어 마냥 둥글거늘 지금 누구도 건드릴 수 없는 높은 하늘처럼 깊고 견고하거늘 이처럼

\>

애먼 사랑도 때 되면 오더라 부재의 생을 압축하여 한 단어로
말하지 말자고 서로에게 지나간 미래가 되어 여태껏 흘러왔듯
하나가 되어 흐르자고 그렇게 흐르며 함께 가자고 저기, 동트는
하늘가 슬몃 비켜서는 새벽 별 하나

동짓달 초여드레

영문도 모르고 국 한 사발 맛나게 드시네
생일날엔 시루 구멍을 잘 메꾸어 주어야
자손이 잘 된다던 바지런하고 다순 손

창밖엔 창백한 은행잎 몇 장이 손 흔들고
한 점 구름 빈 가지에 내려앉아
두 손 맞잡고 눈 맞추는 모녀가 살가워라

동지 지나 섣달 그믐께쯤엔
꺾였던 빛 태어나듯 흐렸던 물 되 맑아지듯
동지 초여드레 몸 풀던 국맛을 떠올릴 수 있을까
당신도 당신으로 다시 돌아올 수 있을까

이제는 웃음마저 실실 흘리는 당신을
동짓달 긴 달그림자에 매어 두고
느리게, 꾹꾹 쓸어내리는 밤

길 없는 길

성벽 속으로 난 길을 보면 허상인가 싶다

버젓이 만들어진 환한 통로를 두고 왜 벽 속에 좁고 침침한 길을 낸 것일까 흔적도 보이지 않는 안으로만 난 길

어떤 비밀로 내 마음의 길은 그렇게 열리고 닫히는 걸까

모퉁이만 돌면 드러나는 뒷문, 여기저기 이어주는 쪽문, 벽으로만 내통하던 길을 틀어막은 벽걸이 액자 문

사랑을 지켜낸다는 것 치밀하게 어려운 버팀과 뚫림
안으로 안으로 걸어 들어오던 그 발길

얼굴무늬 수막새

와락, 고삐에 끌려 당신에게 다가갑니다
어룽진 무늬만으로는 당신을 만날 수 없습니다
첩첩 접힌 내심의 두께로는 당신을 알 길이 없습니다
하여, 당신의 눈가에 번지는 웃음에 두 점을 찍고
허물어진 절반의 왼 입술을 꼭짓점 삼아 외심을 더듬어 봅니다
밖으로 난 둥근 생각의 연장선으로 당신의 처음을 그려 봅니다

지붕 한 채의 살림을 끝막음 지우는 막새
당신의 생이 가락가락 서까래 받치기 위한 도리
헛배로 질끈 동여맨 기둥 없는 쪽 살림의 반 기둥
동트기 전부터 밤 이슥토록 납작 엎드린 하루
한 계절을 들락거릴 겉보리 한 말
이산 저산 풀뿌리로 넘어온 보릿고개
간절한 말을 새김질로 되삭이는 힘
더듬어 길지도 짧지도 않은 한 생의 무게중심
누가 그 무거운 사명을 당신에게 주었을까

바람결로 번지는 당신의 미소
저기, 고이지도 흘러넘치지도 않는

작은 소망

무술년 새 하늘이 열리고
삼백예순다섯 이랑마다
눈 부신 햇살을 쏟아부어 주셨으니
고루 나누어 주신
하루의 밭을 일구어 갈 때

아침의 희망과
정오의 열정과
오후의 감사로

푸른 바람길 열고 막힌 물 코 터주는
생의 알뜰한 농부가 되어
발걸음 소리에 웃음꽃 피고
머문 곳마다 꽃향기 번지게 하소서
새해의 눈 부신 햇살을 잊지 않게 하소서

빈자리

허공을 나누어 자리를 만드네
없던 자리 새로운 자리가 되네
차지한 만큼 제 자리가 되는 자리
나무가 있던 자리 나무가 되고
꽃이 있던 자리는 꽃이 되는
하늘이 있던 자리가 하늘이고
땅이 있던 자리가 땅이듯
네가 차지한 자리는 네가 되네
네가 가고 없어도
빈자리에 너는 남아
나의 더운 매김질로
너의 빈자리 채우면
거기에 나의 네가 있네
너는 다시 내가 되네
있었던 자리는
사라지지 않는다네
지울 수도 없는 것이네
나의 새가 날고 있던 자리는
나의 내가 된다네

등잔 밑이 어두워도

쌍계 길목 장터를 어슬렁거리다
귀퉁이 살그미 헐은 등잔 하나와 눈이 맞았다

백 등잔, 묵은 떼를 닦아내자 요술인 듯
압축된 밤들이 순식간에 등불되어 열린다

등잔 밑이 어두웠으니, 등잔 너머도 어두워서
오직 등불이 번지는 동심원의 울타리만 숨 쉬는 밤

한겨울을 막아낼 문풍지 샛바람에 불빛 흔들릴지라도
바람 잘 날 없는 가난한 지붕, 깊은 한숨에 등 휘어질지라도

불빛 따라 네가 오고 가고
불빛 받아 내가 나고 자라고

한 줌 기름 같은 너만 있으면 둥글게 감쌀 나의 어둠들
묵은 심지 돋우면 한껏 어둠 살라 고비 밝히는 불의 꽃심

등잔, 오래 밝혀온 붉디붉은 불의 궁전
먼 기억을 모셔 다 둘이서 등불 쐬는 봄밤

3부

쉼표를 연주하라

오지의 여자

하늘 말고는 모두 오지겠지,
오지에서 오지게 살아가는 저 여자에겐
아니,
하늘과 땅을 제 섬에 한껏 들여놓고
비바람 야금야금 거름 치는 저 여자에겐
하늘마저 그렇겠지, 나처럼
나는 절대 아냐, 믿고 사는 그대처럼

제 둥지 밀어낸 사내 대신
밤낮 허리 못 펴고 살아온 삶
험한 일 마다하지 않고 발 벗고 나서는 상일꾼
남의 젖은 이야기에 제 설움 섞는 사람
말 못 하는 짐승 밥 먼저 챙기고
무릎으로 기꺼이 제 허물 헤아리는
허벅지 유난히 탄탄한 여자
제 섬 밖으로 나간 적 없는
살날 받아 놓아 살짝 눈꼬리 흔들렸지만

아직도 뜨겁고 뜨거운 여자
오지게 오지에 사는 그 여자

동냥 중

구걸에도 유행하는 스타일이 있다 찢긴 벙거지, 때에 전 낡은 옷으론 어림없지

미다스의 손을 탄 것일까 머리에서 발끝 숨소리까지도 금박이 된 한 사내가 지팡이 하나 짚고 허공에 용케 앉아 있다 토굴 속 수도자의 자세로

땅바닥에 엎어놓은 모자가 패션의 완성인가 땡그랑, 굴러 떨어지는 둥근 적선에 금가루 시선으로 답례하는 거렁뱅이 신사

팔짱을 끼고 사진을 찍든 말든 코앞까지 들어와 눈을 맞추든 말든 손 벌리지 않고 살아가려는 나만의 혹독한 수련 방식으로 너의 주머니를 열게 할 치열한 생업 정신으로

있지만 없는 듯 없지만 있는 듯 판을 깐 지금 당신은 동냥 중

우리는 동냥 중

매직아이

동그라미를 찾아라

온통 사각형뿐인 한 장의 그림 속에서 둥근 원을 찾으라는 건데, 쓰윽 훑어보니 보이지 않더라고요 성질부리면 더 안 보인다는 말에 걸려, 자세를 바꾸고 겹겹의 사각들이 옹알이하는 삼단의 표를 샅샅이 읽어보는데요 큰 틀 자체도 사각이요 개개의 틀도 사각이어서 온통 각의 소리로 메워진 사각사각의 세계, 두 눈 부릅떠 코앞으로 당기고 뒤집어보고 돌려보았지만 네 각을 다 차지한 사각의 틀 속에 모서리 하나 없는 동그라미가 들어있다니요, 답을 구하지 못한 내 심술 주머니가 정사각형 빈틈마다 슬슬 차올라 꽉 막힌 사각지대가 되어버렸지요

속임수일 거야 원래 답이 없었을지도 몰라,
코웃음 치며 내 눈에 헛헛한 힘을 풀었을 때

보려고 하면 할수록 눈에 보이지 않던 동그라미가 각각의 모서리에서 각과 각이 비켜선 그 좁은 틈 속에서 일제히 튀어나오는 거예요 마치 동그라미를 만들기 위해 사각이 필요했던 것처럼 동글동글 떠오르는 동그라미들, 손바닥만 한 세상에서 손바닥 뒤집기라니 참,

>

　나도 '마법아이'의 다른 이름과 모습으로 세상 당연한 듯 숨 가쁘게 살고 있나 봅니다

호모에렉투스

인류의 방이라 불리는 입원실,
겹으로 닫힌 창에 뿌옇게 낀 서리가 이승의 수채화라면
출입문을 드나드는 방문의 홍수는
바야흐로 신생대 전반의 홍적세를 지나는 크로키 아닌가

자동차에 치여 두 다리에 철심을 박고
일찍이 떠나온 투르카나 호숫가를 꿈길로만
누워서 오가는 할머니 호모눕다쿠스의
쉬 잠들지 못하는 현생의 밤도 이렇게 더디고 더딘 것이니

현기증 일으키는 스펙에 매달리다
3층 계단에서 나동그라져
네발짐승이 된 젊은이 호모스펙타쿠스는
신세대의 그늘에서 휴대폰 영상 속으로 빠져들고

기울어진 지구의 자전축에 맞추어 사느라
아예 한쪽으로 쏠려버린 나는,
축대를 곧추세우려 두 발로 절뚝거리는
이 방의 유일한 호모에렉투스 아닌가

\>

진화를 꿈꾸며

걸어온 시간은 화석으로 덧대어지고

연대를 측정할 수 없는 허튼 말들이

달래지지 않는 허기로 돌아선

일인용의 움집, 침상에선

여전히 생사가 오가고 두 발로 서려는 몸짓이 일고

부러지고 접힌 뼈들의 함성

이 모두 생명이란 속명 아니던가

도서관 로맨스

책의 행간을 놓친 순간이었을 것이다

뒤통수 맞은 듯 내 시선을 사로잡은 형상 하나
드넓은 이마가 돋보이는 검정테 안경하며
안으로 굽은 어깨 맨도롬한 낯익은 표정

건너편에서 내 안으로 덜컹 쏠린다

오래된 나의 앳된 그 아이가
한쪽 팔로 턱을 괸 기울기며
이따금 깜빡이는 눈매도 그렇고
앙 다문 얇은 입술은 또 어떤가
행여 눈이라도 맞을까
심장만 살금살금 쫄고 있는데
처음 그때처럼,
볼 일도 못 보고 숨소리 짓누르는데
손목시계를 살피던 풋풋한 저 머스마
벌떡 일어나 도서관을 나가버린다
말도 못 붙여본 그 짝사랑

>
순식간에
그를 읽던 행간도 그의 행간도 그도
코앞에서 놓쳤다

놓쳐야 로맨스가 되는 사랑이 나에게도 있었다

넘너리 연가

여수 신월리 외진 바닷가
넘너리,

하늘을 이고 발붙여 사는 사람들
누군들 가슴에 묻은 한 곡절 없으랴만

느닷없이 소용돌이에 싸잡힌 생떼 같은 목숨들
묻힌 그림자마저 비바람에 지워지고 녹이 슬까 봐
끊임없이 너리너리 넘는 물결로 다독이는 것이다

네가 알고 훗날 나도 알게 된
그날의 난리 통
아홉 봉오리 뒷배 탄탄한 구봉산 자락마다
푸른 기억은 여태 피고 지고 또 피고 지는가

어제의 그 난리가 가고 그 법석을
끌고 오느라 지칠 대로 지친 일흔 해 동안
숨 들이 쉬는 것이 애통이요
애통으로 한숨을 내 쉰 나날들

>

　　그때처럼 허공에서 눈 부릅뜨고 흔들리는 만월

　　그 어떤 구실도 너를 입막음할 수 없는

　　두고두고 뜨거운 풍경임을

　　넘너리*는 알고 있는 것이다

　　다 알고 있는 것이다

* 국군 제14연대가 주둔했던 여수 신월리新月里넘너리(1948.10.19).

거꾸로 보는 시

브리즈번 피켓 거리 24번지 거실 벽에 시집 한 권 걸려 있다
이 위치에너지는
시간은 읽히는 힘을 가진 사람이라고
시위하는 셈이다

첫 시집을 받아 든 어머니가
띄어쓰기도 행간도 없이 몇 달에 걸쳐
한 문장으로 베껴 쓴
육필 노트의 전언처럼

오감이 일시 정지된 레코더를 허공에 매달고
여린 숨결에도 흔들거리는
이 운동에너지는
사람은 들리는 마력을 감춘 세월이라고
말한 셈이다

한글은 모르지만, 행여 때라도 탈까 봐,

소리의 정원*이 통째 뿌리 내리고 물구나무선 이방인의 거리

\>

뒤집힌 시집은

한 폭의 그림이 되었다가

백색 도화지가 되고 푸른 물감이 되고 물이 되고

젖고 흐르고 날아가고

* 조영심 제2시집 『소리의 정원』.

광장 이용 안내

스물네 시간 문을 개방합니다

사막 기후 영향으로 동틀 무렵 느긋한 고요의 무게와 석양의 숨 막히는 노을 번짐으로 돌아서지 못하는 당신의 미련 때문에 다소 연장될 수 있습니다만, 시간을 보상하진 않습니다

일년 삼백예순다섯 날 공개합니다

높은 하늘 지붕은 바람결로만 열 수 있어 인도양과 태평양이 하나 될 때까지 연중무휴입니다 가끔은 중세와 현대, 미래를 혼용하는 당신의 시대 초월성이란 병으로 인해 하루씩 단축 또는 연기될 수도 있지만, 입장료는 환불되거나 추가 징수되진 않습니다 단 호주머니가 빈 사람만 무료입니다

모든 연령 입장이 허용됩니다

누군가를 떠나보낸 사람 누군가라도 탓하고 싶은 사람 누군가로부터 나가 떨어진 사람 언젠가 다시 만날 것만 같은 사람 누구든지 다가와 주기를 바라는 사람 누구도 혼자가 아님을 확인하고 싶은 사람 여기 시계탑 종이 울릴 때 한 소식처럼 전송되는 탑 종소리를 해독할 수 있는 사람이면 됩니다

주의사항

반드시 광장의 일은 광장으로

쉼표를 연주하라

연주하라

숨 가쁜 하루의 가락에서 다음 가락까지 어설픈 숨의 간격은 너무 멀고, 몰아쉰 숨의 고비가 아무리 거칠다 해도, 밝은 귀까지 닿아야 할 소리를 위해

때론 연주하지 마라

매듭진 음과 음을 건너느라 소리로 번지는 향기를 제쳐버리고 춤사위를 놓친 채 고저장단에만 매달리려거든

다시 연주하라

삼백예순날 도돌이표를 몰고 온, 숨의 박자에 고이는 숨결로 네 숨결의 무늬를 타고 놀아라 오선지의 고저가 멈춘 바로 그 빈자리, 오직 박자만을 안고 있는 거기에서

,

,

,

육신을 탓하는 정신이여, 쉼표도 악보의 일부니라,

짝꿍

수평선에 목이 걸린 야자수 한 쌍
팽팽하게 버티고 서서 바다를 관망하고 있다

평생 죽이 잘 맞아 붙어 다닌 단짝이었을까
가혹한 반대에 맞섰던 연인이었을까,
바람은 늘 내게 물어보는 생물生物이다

그래서,

느닷없이 꺾인 한 생의 떨리는 곁에서
받아들일 수 없는 또 하나의 곁이
저 바람의 갈퀴에 맞서 맨몸으로
솟구치는 푸른 흐름을 안고 지금도
당연한 미련처럼 서 있는 것이다

네가 훌쩍 나를 떠났을 때
너를 기다리던 날이 그랬다

다시 밑동에 새로운 등불을 당기고
간절한 생의 불꽃, 심지를 돋우는

몸과 기억 속에 흐르는 묵도의 시간도 우리 이렇게,
마주 선 미물美物이 되어가는 것이다

사그랑주머니

막다른 골목이다
동지섣달 다 지나면 맛이 없어지니
떡을 하든 죽을 쑤든 어서 조치하자는
팔순 늙은 호박의 성화다

흥부가 박을 타듯 밑자리부터 깔고
맷돌 호박 한 덩이 공들여 타고 보니
텅 빈 어둠 속에
흥보가 좋아라던 돈 궤도 쌀 궤도 아닌
줄지어 촉촉하게 늘어선 여리디 여린

새싹들이라니

철석같이 밖으로 난 길 닫아걸고
빛 하나 들지 않은 꿍꿍이 속에서
온몸 삭혀 사그랑주머니가 되도록
섣달을 오롯이 품는 늙은 호박

햇빛 달빛 바람 소리 들려주려고
벌 나비 불러 모을 뒤뜰로 나가려고

어린 싹의 눈을 틔워 주는 중이다
부지런히 젖을 물리고 있다

모계영자도 母鷄領子圖[*]

한 배 새끼도 오랭이 조랭이라고

두어 평 남짓

우리 집 방안 빛바랜 풍경처럼

에미 훈짐 번지는 안마당엔

뒤꽁무니 파고들며 아양 떠는 놈

다리 기둥 차지하고 으스대는 놈

먼저 먹겠다, 밀고 당기는 놈

물 한 모금에 꺼진 하늘 쳐다보는 놈

혼자 동떨어져 노작거리는 놈

한 마리 벌을 입에 문 에미 앞

말똥말똥 입만 굴리는 놈이 쪼르르 여섯

봄바람이 어미 깃털 고르는 사이

연둣빛 마당을 나비 한 바퀴 도는 사이

바위 그늘에 찔레꽃이 잠깐 조는 사이에도

하루에 열두어 번 먹어대는 목구멍들

여린 새끼 목에 걸리지 않게끔

먹이를 자디잘게 부수는 동안에도

한숨짓는 어미 목구멍에 매달린 저 육남매

침 넘어가는 소리도 오랭이 조랭이,

들렸다 끊기는 세월이며 눈물이며 어디 가고

배접된 속마음만 쌀뜨물 풀칠처럼

저리 마르고도 굳었으니

* 조선후기 화재和齋 변상벽(卞相璧, 1735~1775) 작품.

혼밥 존zone

반쯤 휜 등이 밥을 먹는다
한 술에 한 번씩 공손하게

창 쪽으로 막아 놓은 벌집 모양의
혼밥 존zone
홀로의 방 한 칸

일인용 빈칸들이 채워지고 비워지는 동안
혼자 먹고 혼자 마시고
혼자 있다 혼자 떠나는

살아 숨 쉰다는 것
여럿이 혼자, 혼자 여럿이
제 밥술에 밥 한술 뜨는 일 아니던가

더 이상 내가 나 하나 짊어질 수 없을 때
무엇이 나를 짓누르고 있는지
스스로 깊어지고 끝내 골똘해지는
나를 들여놓는 혼자의 영역

\>

중년의 한 남자가 혼자 밥을 먹고 있다
한 술에 한 번씩 둥글게 절을 하며

눈물 방죽

못다 한
이별은 둥그런 그리움이라

백날천날이 넘도록 밤낮없이
애통의 쳇바퀴를 저며 잡는 거지
비바람 속에서도 침묵을 건넌 세월아
열곱의 천곱으로도 못다 이룰
삼백넷의 푸른 넋
못다 핀 꽃, 하늘로 올라
밤바다 별빛으로 흐르다
어느 푸르고도 푸른 밤
가뭇없는 눈물 방죽에
디딤새 고운 바람결 일거든
또 한 방울 그리움을 보태리라
사월, 시린 그날이 오면
차마 동여맨 그리움 꽃이 될까

터져,
하늘에 흐를까 마른 가슴에 흐를까

먼 나라 우화*

아이고 대고 허허 나 ~

앗다 거시기, 쪼까 볼 일이 있어 길을 나선 한 사내가 있었는가 븐디 길바닥서 동행을 만났던 것이여 내동 잘 가던 이가 다리를 실실 절더니만 글쎄 더는 못 가것고 엥기든 게비여 헐 수 없이 사내가 들쳐 업고 가다가 골막치기로 들어서는 갈림길에서 "내가 실은 목숨 따는 돌림병이여, 세상 꼴이 하도 지랄 같아서 쩌 어그 동네부터 좌악 훑터부까 혔는디 자네 공덕으로다가 3할만 다시고 갈 거고만, 급할 때 땅으다 삼 시 세 판 침 뱉고 허공으다 나를 불러봐 알것지 잉"허고 사라져 불더란 말이지

벨 일도 다 썼다 험서 마을 섶을 들어서자 아닝게 아니라 사람들이 죽어 나자빠져 가는디 그짓말 쫌 보태서 눈 꿈쩍할 사이에 동네 씨가 마를 참이여 정신을 바짝 챙기고 후딱 생각난 것이 침 뱉어 고 놈을 불러 낸 것이지 "시방 이게 먼 짓거리여, 3할 이 담서, 나 땜시 3할이라고, 혔어, 안 혔어, 잉" 되레 "환장 허것고만! 병이 좌악 돈께 어떤 정신 넋 빠진 넘들이 즈덜은 괜찮담서 갈디 안 갈디 싸돌아 댕김서 퍼트린 거시여 난, 딱 3할 이었당께"뒤도 안 돌아보고 가드래야 그랬드래야

아이고 대고 허허 나

* 아라비아 우화를 차용.

4부

사라진 것들은 어디로 가는가

추도

작은 노잡이 배 한 척 불러 앉힌 섬
병아리 눈물 꽃 같은 섬
별빛 고요로 술렁이는 섬
햇살 곱게 파도를 빗질하는 섬
매운 눈물일랑 바람 돌로 강담을 친 섬
옛이야기 촘촘하게 쟁여놓은 섬
하루 딱 한 번 바닷물 갈라지는 섬
최초의 발자국이 다녀가는 섬
돌아와, 눈 감아도 눈에 밟히는 섬

시를 몰라도 시를 만나고
당신의 서툰 고백을 맥없이 받아 적어도
자꾸 시가 되어 버리는 섬

추섬
수억 년을 탈고한 한 편의 시,

수행

돌을양지에 내놓은 한 그루 소나무를 읽는다

무심히 너를 쳐다본다 한 몸 떠억 들여앉힌 사각의 틀은 깎아
지른 절벽의 암자요 출구 봉한 토굴이다 앉은 그대로 사지를 벗
어난 적 없을 머리 덥수룩한 수도자, 아홉 구비 굴곡진 곡마다
몸살이 몸살로 등을 내밀어

저를 받치는 구 갑피 수행 중이다

한 가닥 숨조차 허투루 뱉을 수 없는 철사 걸이 좌선이요 홀로
우뚝 자기 자리에 앉아 당당하게 너와 맞짱 뜬 면벽이다 눈보라
견디느라 촘촘해진 나에게 한 촉씩 햇살의 통로를 열고 푸른 바
람의 강을 틀 때는 나 아닌 너의 손길도 필요하겠구나

낭떠러지든 저잣거리든 산다는 것은 주검을 붙들고 치열하게
너나없이 제 몫의 생을 일구는 것임을 알겠다

여기! 지척의 수행을 숨죽여 보다가 네 위에 나를 앉혀본다

무지개

라흐마니노프 건반이 펼쳐진
일곱 빛 천국의 계단

저 하늘 건반에 손을 얹으면
천상의 노래가 되어
일곱 빛깔 소리의 강물이 한없이 흐를까!
빛의 피아노 협주곡 2악장이 울려 퍼질까!

장맛비 그친 뒤 무지개 뜨면

밥 즉 통

밥으로 통한다 밥은 먹고 지내냐! 안부가 되고 밥 한번 먹자! 훗날을 기약하고 밥맛없지 않냐! 관계를 청산해 버리고 저러고도 밥은 벌어먹을까! 능력을 가늠한다

밥으로 끝낸다 밥값은 해라! 까락 까락 따지고 밥이 넘어가냐! 질타하고 밥이 나오냐 떡이 나오냐 혀를 차고 밥줄 끊길까봐 남의 밥이 되기도 한다

밥으로 땡처리한다 다 된 밥에 재 뿌리는 놈 남의 밥상에 숟가락 얹는 놈 밥만 축내는 놈 콩밥 먹기 딱 십상인 놈 밥 얻어 죽 쑤어 먹을 놈

밥으로 산다 밥은 꼭 챙겨 먹어 잘 먹고 죽은 귀신이 때깔도 좋단다 머니머니 해도 밥심이지 밥으로 시작해 밥으로 살다 잿밥으로 다시 돌아온다 밥 하나면 된다

밥도 밥 나름이다 쉰밥 설은밥 톱밥 눈칫밥 못 먹는 밥이 여든두 가지나 된다 무엇이든 잘 먹지 않으면 탈 난다

발자국 연대기

커피 한 잔 마시다가 마주친 잔속 얼굴
미간이며 볼이며 눈동자에 어리는 물 그늘이

너는 누구냐, 묻는 듯하여

이 한 잔 그늘 속에는
적도를 지나온 햇볕이
극점을 할퀴었던 바람이
어느 법칙에 동조했던 비구름이
그러고도 홀연히 깨어났던 아침 이슬이
떨기마다 송골송골한 땀방울이
떨리던 손길이
서로를 지탱하느라 포근히 스며들었을 물의 흔적이
열곱 천곱 감겨있으니

이 물이 들고 나면서 서로를 적시면서
아득한 그늘을 통과했으리니
저절로 바람 불고
저절로 이슬 내린 자리마다
또 쉼 없이 헛걸음질 했으리니

\>

지금 눈물에 어리는 물의 꽃은
또 맺히고 떨어져 서로에게 녹아들었을 것이니

아득한 물의 물, 눈물 방울들

내 찻잔 속 폭풍으로 일다가
코끝 진한 향으로 흐르다가
옆구리를 타고 스치는 가늘고 긴 나의 물 발자국 소리로
가다가 멈추다가

생이별

향방을 가늠할 수 없는
미로의 세상을
코로나 19가 지나는 중이다

달포를 굳게 닫아건 외따로운 당신
3층, 손닿지 못할 그리움의 높이에서
소리 없이 손짓 발짓 날갯짓으로
막혔던 훈짐이 오고 갔으니

오늘도
창밖에서나 창안에서나
그리운 이여,

만나도 만난 것이 아니요
보아도 보았다고는 할 수 없을 것이나
이렇게라도
별리의 세상을 만날 수 있을까, 우리

얼굴바위

바람이 알려준 이름이다
고운 모래의 노래를 닮은
사도*의 얼굴,
썰물로 빠져나간 네가 가슴을 칠 때면
나의 애를 태우던 너를 잊고 싶어
마지막 남은 한마디 끝까지 들어줄
큰 귀를 열어 놓는다
오라,
어서 돌아오라
바위에 새겨진 목소리가 모래알로 흩어져
쌓이고 있다

* 전남 여수시 화정면 사도沙島.

망해사 팽나무

갱변 마파람 맞으며 수백 년 서해 붉은 노을을 지켜본 것은 망해사望海寺*가 아닌 절 마당 끝자리에 눌러앉은 노거수 어머니였을 것이다

천년을 흐르던 강, 물길이 가로막히자 빈 강가엔 메마른 어제의 시간이 흐르고 더듬더듬 저녁이 찾아오면, 우두커니 허물어져 가는 강쪽으로 몸을 비틀어 귀를 모았을 것이다

낙서전樂西展 팔짝 지붕 서까래에 발 들여놓고, 세상 이야기야 못 본 듯 안 들은 듯 겹겹 나이테에 새기고 묵은 설움에 목이 걸리기라도 하면 발끝 벼랑 아래로 몇 번이고 뛰어내리고 싶었을 심정이며 눌러 삼켰을 설움이며

허물없던 이 세상 이제 얼마나 더 버틸 수 있을까

저 바닷길 물막이, 애먼 강물 발목만 잡은 것이 아니고 강가에 목줄 대고 어린것들 키워내고 부양하던 손길 발길도 묶어버려, 진봉산 고개 넘는 달빛마저 물비린내 풍기는 강가를 외면할 뿐

늘 푸르던 몸, 목장승이 되었구나

>

　침묵의 손을 바다 쪽으로 뻗어보지만 돌아오는 것은 어둠을 찢고 들려오는 멍든 파도의 환청, 이런 밤이면 머리채 붓을 들어 서쪽 하늘로 치닫는 마음에 유서를 쓰고 또 썼을 것인데

　삼십 삼천 두루 어두움 밝히고 강 벼랑을 기어오르는 범종 소리, 무쇠 둘레 인경의 비천상을 쓰다듬으며 오늘도 다만 하늘의 목은 메고 또 메이고

　* 전라북도 김제시 진봉면 심포리 1004.

문의 증언

속 찬 지갑이 집을 나가다니요

소름 돋친 방문은 같은 말만 되풀이한다
누군가 마음을 휙, 열어젖히거나 쿵, 닫았을 때 기꺼이 열리고
닫혔을 뿐인데

백주에 문밖을 나가다니요
내 입 무거운 건 빛도 어둠도 아는데 사모님은 잠만 자고 있었
으니 답답한 지갑이 운동을 나간 건 아닐까요?

용의자들은 주변을 맴돌기 마련이지요
이윽고 방문은 온몸에 촉각을 매달고 나이테를 돋을새김 하듯
일으켜 세운다 비바람 불고 뙤약볕이 내리쬐고 천둥벼락이 내리
치더니 그간 악수한 손들을 깨끗이 닦아 놓았다

오래된 느티나무 아래, 지갑 속에서 사모님은 잠을 자고 있었
다고 누군가 방문록에 적고 있다

흔들리는 그녀

거들떠보지도 않았던
갈맷빛 거느린
앞산의 묽은 침묵을 쳐다보는 날이 늘어난다

침묵의 골짜기를 타고 오는 솔바람
그 바람에 고인 금천 저수지의 파문
파문이 떨어져 나간 낡은 툇마루
툇마루에 낮게 걸터앉은 오후의 그녀

그녀를 휘돌며 둥글게 흔들리는 그늘
휘어지는 그늘마다 다디단 기억
망실의 늪을 건너는 기억의 실마리
실마리를 잃고 허우적대는 어설픈 표정
백치의 표정이 머무는 초점 없는 시선
놓친 시선을 따라잡으려는 딸내미의 눈물
눈물 없이 부를 수 없는 젖은 이 음절

엄마의 마법에 걸린 세상이 온통 물렁하다
거들떠보니
눈꺼풀이 무겁다
무거운 침묵의 그녀가 다가오고 있다

사라진 것들은 어디로 가는가

저무는 참나무 숲에 서 있네
빛이 물러가는 자리에
촘촘히 어둠이 고이느라
고인 어둠이 자리를 잡느라
나무와 돌과 풀들이

숲속을 흔드네

어둠을 나르네

밤을 준비하네

수척한 참나무 숲 비석들만
발치에 쌓이는 어둠을 보고 서 있네
키를 재던 나무가 어둠이 되고
어둠이 어둠의 물결로 울타리 치는 사이
나무들 사이로 난 길 따라
걸음, 빈 걸음을 옮겨보네
한 송이 장미 놓인 오랜 어둠 앞에
우두커니 서 있네

그이도* 동짓달 초여드레였네
사라진 것들은 어느새 깊은 어둠되어
참나무 숲속 계절을 넘어가는 중이네

.

* 마거릿 미첼Margaret Mitchell『바람과 함께 사라지다』의 저자.

별을 사다

가끔 별이 보고 싶을 때 별을 보는 게 잘 사는 삶이라 했던가
잔별이 총총한 별 하늘

오늘은 없다 그 많던 젊은 별들은 다 어디로 사라진 것일까 별
을 세던 사람들은 무얼하고 있을까 별처럼 아름다운 그들의 사
랑도 지금은 별일 없는 걸까

별들을 몰아낸 이 매정한 도시를 떠나보자 별이 보이지 않는
곳엔 숨구멍이 없고 별 볼 일 없어진 밤은 떠들썩하다 별을 찾아
어디든 떠나는 거야

별이 쫓겨 간 곳은 숨이 막힐 지경이었지 별일 없었느냐고 정
말 보고 싶어 왔노라고 별들에게 막 안부를 물을 참이었는데 별
들은 크고 작은 입들을 삐죽, 별의 별들이 우르르 별별 별나라
비옷까지 걸치고 문을 두드리는 바람에 별소리로 덮어버린 게르
Ger에 갇혀서 별세계에 풍덩 빠져 이러지도 저러지도 못한 나는
별일이야 별꼴이 다 있네 별일 없어야 할 텐데 별별 생각에 별 사
탕 같은 밤을 지새우고

별나라로 별들이 떠나버린 곳에서 별을 그리는 거리의 화가를

만나 별 한 폭을 얻어 와 안방에 걸었다 별은 고향을 떠나도 별일
이 없지

　매일 별을 보고 사는 게 괜찮은 삶이라 했던가
　별 하늘에 오르고 별바다에 빠지고

어떤 눈물이 다녀 간 것일까

이 파장은 모국어의 맥놀이라
귀를 세워 주파수를 탐색합니다

동글납작하니 고만고만한 대여섯의 품세 딱, 창밖 단풍잎만큼 물들어가거니와 어느 바람에건 떨어질 듯도 보입니다 늦가을 카페에서 깔깔대는 저 둥그런 회동에 가까워지려고 나도 자리를 옮겨봅니다 아, 합격을 한 모양입니다

칠순 넘어 늦공부 하느라 애를 먹었다는 둥 한 번 낙방하고 두 번째 붙었을 땐 장원급제한 것 같았다는 둥 다 늙어 필요 없을 것 같아도 붙고 보니 시원하다는 둥 철 지난 회고사는 단풍잎에 써 내려가는 햇살의 기록이 됩니다 저 연세에 운전면허 딴 것도 대단하다 싶은데,

선서할 때 말이야, 성조기에 충성을 맹세하는데 가슴께로 무엇이 철렁하고 내려앉지 않겠어! 이를 악물고 눈물을 참았어! 고국 떠나온 지 삼십 년도 넘었는데 글쎄! 눈시울 훔치며 다시 깔깔댑니다

돌아보면, 추억도 가지 치며 자라는 생명입니다
흔들리는 단풍 쪽으로 누군가 귀를 돌려놓습니다

하늘 송頌

하루에 한 번은 허리를 펴고
하늘을 우러러보렴

꽃바람 오시는 길
꽃향기 스미는 길
꽃그늘 드리우는 길

하늘과 땅과 그 안의 오롯한 우리
늘 그 길로 연하여 피워왔거늘

무심히 하늘 받들어
온 마음 한마음으로
꽃길에 닿아보렴

꽃 피워보렴

판을 열다

들어간다 들어간다 만 인간이 들어간다

땅, 땅, 하늘 아래 땅 어딘들 가릴쏘냐
하늘을 날고 날아 큰 파도를 넘고 넘어
태평양의 섬나라 오지의 대문을 활짝 열어
한바탕 흐드러지게 놀이판을 열까보다

들어오오 들어오오 만복이여 들어오오

행각인들 아니 오고 걸각인들 못 들어올까
법고잽이 한 발 놓자 굿거리장단이 손 내민다
버꾸놀이에 덧배기 장단 사모잽이 좌우치기
덩덕궁이 무정작궁 몰아간다 몰아를 간다

꾸역꾸역 들어오오 못 이기드끼 들어오오

검고 희고 누렇다고 그 무엇이 다르랴고
배고프면 밥을 먹고 배부르면 싸잖는가
없으면 없는 대로 있으면 있는 대로
한 세상 어깨 걸어 얼키덜키 누려보세

\>

열어간다 열어를 간다 한 세상을 열어간다

달아 달아 보름달아 섬나라 한복판을 뚫어지게 비춘 달아
삼색 띠 치복에 감 두르고 띠 발로 허공을 불끈 들어보자
채 상모 열두 발이 자반 뒤집드끼 달빛 안고 도는구나
단몰이로 휘몰아 너와 내가 엉기둥기 한 통속이 되는구나

하나 된다 하나가 된다 온 세상이 하나 된다

열고 열어 하늘 날고 딛고 디뎌 땅을 밟자
니가 있어 내가 있고 너와 내가 우리가 된다
열었고나 열었고나 둥글디 둥근달이 만 인간을 열었고나
지화자 얼씨구나 좋구나 좋다, 얼쑤

부재와 소멸로 완성되는 사랑

김병호 시인

부재와 소멸로 완성되는 사랑

김병호 시인

　우리가 살아가는 현재는 그저 오롯한 현재만의 것이 아니라 과거와 공존하는 공간이다. 과거와 현재는 서로 단절된 별개의 것이 아니며 지속적이며 여전한 영향력을 행사한다. 조영심 시인은 이러한 양자의 상관성을 발견하고 자신의 작품을 통해 이를 미학적 구조물로 형상화해낸다. 하지만 이것을 단순히 시인의 역사의식이라고 보기보다는 시인의 생래적 기질이라고 하는 것이 더 합당할 것이다. 이러한 기질을 바탕으로 시인은 일제강점기에 자행된 징병이나 해방정국의 소용돌이 속에서 빚어진 여순사건과 같은 비극적 역사만을 바라보진 않는다. 기다림과 그리움으로 점철된 개인의 내밀한 정서와도 마주하고 있다.

　시적 대상들이 과거의 시련 속에서 겪었던 불행한 삶의 이력을 시인은 그저 반성이나 교훈의 매개로 삼지 않는다. 개인의 삶과 역사의 교차점 이면에 가려진 상처와 당신의 부재로 인한 관계 불능의 고통을 성찰하며 시로서 삶의 진실을 적극적으로 기록하고자 한다. 조영심 시인이 이렇게 지나간 시간에 천착하는 이유는 고통과 같은 즉자적 감정이 시를 통해 대자화될 때 선명하게 드러난다. 즉 고통이, 자아가 다룰 수 있는 하나의 대상이 되어서야 비로소 시인은 그 고통에서 벗어날 수 있기 때문이다. 그의 시 쓰기는 억압된 마음의 문을 풀어주고 자신이 체화한 부재와 상실, 소멸의 본질적 문제에 대해 능동적 반응을 보장해 준다.

조영심 시인은 창조적 상상력을 통해 개별적 이미지를 구축하는 동시에 철저하게 감정의 고조를 다스린다. 이를 통해 작품 안에서 강력한 호소력을 환기시키는데, 이 환기력은 역사와 개인의 밀착된 생의 이면이나 기억에서 작동된다. 시인은 이러한 과정을 통해 오늘의 우리의 삶을 재의미화하고 동시에 포에지를 확보하려고 한다. 그는 우리의 삶이 지금 어디에 놓여있는지를 가늠하고, 시간의 확장을 통해 의미화되는 개인의 삶을 깊은 애정으로 성찰한다.

아리스토텔레스는 그의 『시학』에서 역사는 있었던 과거 사실을 다루고, 시는 있을 수 있는 일을 다루므로 시가 역사보다 더 철학적이며 개연성을 갖춰야 한다고 명쾌하게 지적한 바가 있다. 아리스토텔레스의 주장처럼 시와 역사는 어떤 상관성을 갖는 것일까. 시인은 개인의 삶을 파괴한 역사의 잔인성을 인식하는 동시에 역사의 소용돌이에 휘말린 개인의 삶도 함께 통찰함으로써, 인과율의 운명에 순응하거나 화해하고자 하는 모습을 보여준다.

그깟 모본단 한 감에
팔자가 뒤바뀌는 세상도 있었나니
하, 방죽안댁 큰 아들
징용장 바꿔치기한 구장 덕택에 현해탄을 건넜으나
끝내 돌아오지 못했는데,
낮은 토방엔 개맨드라미만 붉디붉게 피고 질 뿐,

열 살배기 막내,
홀어미 그늘에서 숨 쉬는 것도 부끄러워
밥 수저 드는 것도 죄만 같아
두 발 부르트도록 가파른 강둑이며 논두렁 밭두렁
죄다 훑고 다녔는데
안 터 부잣집 꼴머슴 풋내 나는 낫질에 허기진 꼴망태,
그 꼴이 그 꼴이었는데

허, 아비 없는 울타리는 주인 없는 대문
시도 때도 없는 공출이며 수탈이며
도적들 먹거리 곳간, 진귀한 고방이 따로 있다더냐
살아생전 머슴살이 면해볼 날 오긴 온다더냐

푸른 설움 악물고 황소처럼 일만 해도,
예나 지금이나
타고난 팔자
현고학생부군신위 여덟 자는 바뀔 줄 몰라

담살이 후에 다시 찾은 그 울타리 설운 자리에

새 꽃은 피고 지고 또 피고 지고

드난살이 마치고 머리 얹어도 또 담살이 담살이

모본단 한 감이 아직도 통하는 세상

언제 이 담들 허물어질까

곳곳마다 거대한 담

　　　　　　　　　　　　　　　— 「담살이」 전문

　우연이 없는 인과의 세계는 인간의 삶이며 역사의 원리이기
도 하다. 화자는 모본단 비단 한 감에 팔자가 바뀌었다고 하지만
인과율의 법칙은 그 이상도 이하도 아닌 것으로 우리의 삶과 역
사를 지배한다. 일제의 강제 징용과 공출, 수탈로 인해 "살아생
전 머슴살이"를 벗어나지 못하는 "타고난 팔자"는, 이러한 원리
의 냉엄함을 깨닫게 해준다. 현해탄 건너로 징용 끌려갔다가 결
국 조국에 돌아오지 못한 채 생을 마친 방죽안댁 큰 아들에게서
열 살배기 막내는, 평생을 살아도 씻기지 않는 부끄럽고 죄 짓는
운명을 넘겨받았다. 바로 "푸른 설움 악물고 황소처럼 일만" 하
면서 평생을 머슴 아닌 머슴의 삶을 사는 담살이의 삶이다. 형이
아니라 역사가 그에게 떠넘긴 운명이다.
　화자는 열 살배기 막내의 삶을 통해 당시의 보편적 상황과 개
인의 특별한 삶의 이력을 고스란히 담보해낸다. 과거의 상처를
들어다보고 다시금 세월 깊숙이 묻어주는 회고의 방식은, 새로
운 삶과의 경이로운 만남이라는 진실한 체험을 방해한다. 대상

과의 분리에서 비롯된 상처를 무의미하게 방치한 것과 다르지 않다. 냉엄한 삼자로서의 화자가 상처의 주체나 대상을 다시 불러내어 아픔을 다시 체험하게 하는 것은, 지난한 삶에서 벗어나지 못한 시적 대상에 대한 자기 방식의 위로와 위안이며, 나아가 대상과 세상과의 진실한 관계 회복에 대한 간절한 바람이다. 하지만 '막내'는 타고난 팔자, 인과율의 현고학생부군신위에서 벗어나지 못했다. "새 꽃은 피고 지고 또 피고 지"면서 스스로의 삶의 갱신하는데, '열 살배기 막내'는 "살아생전 머슴살이"를 면하지 못하고 담살이로 삶을 마감한다. '허기진 꼴망태'처럼 삶의 상처를 회상하는 일은 상처를 치유하려는 시인의 적극적인 의도이지만, 이제 현재의 삶을 치유할 수 있는 희망은 보이지 않는다. 현실은 여전히 "모본단 한 감이 아직도 통하는 세상"에 갇혀 있기 때문이다. 조영심 시인은 이러한 비극적 풍경을 통해 역사의 그늘에서 피폐된 삶을 살아가야 했던 한 인간의 일생을 각인시킨다.

시인의 의도를 대행하는 화자는 시적 대상을 의미화하여 그 대상에 자신을 동화시키고, 자신의 삶과 세계를 변화시키기를 희망한다. 그러나 "곳곳마다 거대한 담"은 대상과 화자의 진실한 만남을 용납하지 않는다. 오히려 좌절이라는 늪의 깊이와 담장의 높이만을 확인시켜줄 뿐이다. 화자가 새로운 삶을 만들어내기 위해서는 재 체험된 상처 속에서 자기 갱신을 통해 세상의 담들을 허무는 일일 텐데, 자신의 삶에서 박탈당한 삶의 진화는 불가능에 가깝다. 그래서 시인과 화자의 아픔이 더 클 수밖에 없는 노릇이다. 역사의 부조리한 풍경 속에서 부각되는 화자의 감

정은 일종의 소외이다. 이는 그가 세계와 맺는 관계의 기초에서 소외되었음을 의미하고 역사의 질서 속에서 추방되거나 안전지대를 **빼앗긴** 탓이다. 시인은 이것이 우리의 **뼈저린** 역사였음을 항변하고 있는 것이다.

　한줌 어둠이 되어 은교리 낮은 언덕배기로 젖은 풀섶 헤치며 그윽한 어둠 속에서 성큼성큼 한 사내가

　걸어 나온다 마디마디 메워주던 살집이며 말도 떼기 전 어린 것 어르던 눈매, 살짝 손목을 끌어당기던 뜨거운 입김, 하 그리움이 사무쳤을까 금방 다시 올 것처럼 집을 나서던 그 건장한 골격으로 붉은 황토 분가루 툭툭 털며

　일어 나온다 불러본 적 없지만 꼭 불러보고 싶었던 간절한 음절, 입술에 닿던 모든 말 중에서 가장 어색하고 가장 절실한 한 생의 가장 눈부신 호명이

　터져 나올 것 같다 먼 기억은 꿈길로 통하는 서로의 길섶, 이승을 벗어났을 때 곡절처럼 다시 만나 질 백골의 젊은 아버지와 애비 없이 육십갑자를 홀로 돌아온 어린 아들이 죄인처럼 마주 앉아 소리 죽여 우는 밤이

　슬그머니 왔다 애잔한 두 가슴, 절절히 얽히고설킨 훈짐으로 둘이 하나 되어 마냥 둥글거늘 지금 누구도 건드릴 수 없는 높은

하늘처럼 깊고 견고하거늘 이처럼

애먼 사랑도 때 되면 오더라 부재의 생을 압축하여 한 단어로
말하지 말자고 서로에게 지나간 미래가 되어 여태껏 흘러왔듯 하
나가 되어 흐르자고 그렇게 흐르며 함께 가자고 저기, 동트는 하
늘가 슬몃 비켜서는 새벽 별 하나
　　ㅡ 「높고 깊고 견고한」 전문

　개인적으로 이 시집에서 인상적으로 읽혔던 작품이다. 「담살
이」의 '열 살배기 막내'가 좀 더 구체적 형상으로 그려진다. "금
방 다시 올 것처럼 집을" 나섰다 백골이 되어버린 젊은 아버지와
예순 넘은 아들의 만남이다. 역사의 소용돌이 속에서 삶과 죽음
의 경지를 넘게 된 부자의 모습은 역사와 세월에 짓눌린 삶의 무
게를 고스란히 보여준다. 화자의 삶은 단순히 시간의 흐름 속에
서 무난한 삶을 흘려보내지 않았다. "절절히 얽히고설킨" 훈짐
으로 겨우 꿈에서나 만나게 된 이들의 상봉을 누가 보상할 수 있
을까. 시인이 기록하는 불행은, 여타의 시인들이 기억을 통해 현
재를 견뎌내는 삶의 힘으로 전환시키는 것과는 다르다. 오히려
현재 삶에 각인되어 있는 고통스런 기억을 이겨내기 위해 소환
되고 있다. 아들의 울타리가 되어주지 못했던 아버지의 때늦은
귀환에 아들은 오히려 "죄인처럼 마주 앉아 소리 죽여 우는" 풍
경은 읽는 이의 가슴 한 편을 서늘하게 만들어낸다. 시인은 어
떤 원망이나 무력감도 육십년의 세월 앞에 다 닳아져버리고, 그
저 "서로에게 지나간 미래"가 되어버린 '애먼 사랑'을 어떻게 삶

의 희망과 거처로 생각할 수 있을까. 허튼 희망이나 화해도 이젠 무의미한 시간이 되어버렸을 때 기다림과 애태움과 같은 정서도 무의미한 것이 되어버린다. 아버지를 기다리던 부재의 생이, 융합하고자 했으나 융합하지 못한 존재에 대한 슬픔이나 비극으로 이어지는 것이 아니라 오히려 맑고 투명한 그리움으로 넘치게 된다.

'어린 것'이었던 아들은 "불러본 적 없지만 꼭 불러보고 싶었던 간절한 음절, 입술에 닿던 모든 말 중에서 가장 어색하고 가장 절실한 한 생의 가장 눈부신 호명" 아버지란 말을 육십년 동안 뱉어본 적이 없다. 그리고 이승을 벗어날 때가 된 이제야 "하나가 되어 흐르자고 그렇게 흐르며 함께 가자"며 "슬그머니" 온 아버지와 용해된다. 높고 깊고 견고한 그리움이라기보다는 오히려 높고 깊고 견고한 부재가 어울리지 않을까. 역사를 자기 삶 자체의 흐름으로 받아들이면서 내면화하며 살아온 어린 아들의 인생은, 스스로를 구원하기 위한 어쩔 수 없는 순응의 삶이었다. 운명에 맞서기엔 너무 순결하고 예민한 영혼을 갖고 있기에 역사와 세상의 폭력에 더 깊이 상처받았다. 이들은 시를 통해서만 삶을 구원할 수 있는데, 이는 종교의 절대자나 무에 삶을 의탁하는 구원과 다르다. 시인은 이러한 순간에 샤먼이 되어, 이들의 곡절을 인정하고 이해하고 두 부자의 조응의 순간을 구원하려 한다. 이것이 시인만이 할 수 있는, 오롯이 시인된 자만의 몫이라는 걸 조영심 시인은 믿기 때문이다.

　　말로 할 수 없는 말들이 있다

말의 지극함이 날아갈까봐
고비를 넘어야 할 딱, 그 고개쯤
끌고 온 벅찬 숨을 고르는 그 자리쯤에
누군가

숨을 눌러 덮어야 할 한 소절을
천둥 · 번개로 끊어진 침묵의 돌로 눌러놓는 것이다
초원이 내려다보이는 모골이 송연한 산허리
어둠이 제풀에 지쳐 누워버리고
모래 알갱이처럼 빛이 일어나는 시간
쌓아놓은 낮은 말들
솔로 먼지를 털 듯
산 중턱을 넘어온 바람 채로 거르고
하룻밤이면 하늘로 이어지는 별천지를 오가며
묻어둔 말들이 바람 숭숭 돌의 뼈가 될 때까지

여린 햇살로 익혀진 돌무지에
간절함이 새겨지느라 푸르게 흘러가는
소리들
돌의 탑을 돌고 돌아 다시 말의 빛이 되는
말로는 다 할 수 없는

살아온, 살아있는, 살아있을,
내 말들의 무덤

— 「돌무덤」 전문

이번에 살펴볼 시는 조영심 시인의 시론에 가까운 작품이다. 시인을 대신하고 있는 화자가 맞서고 있는 풍경은 생의 속도와 방향이 지워진, 일종의 본원적 공간이다. 세상 숨탄것들의 원시元始가 보존된 상징적 공간에서 화자는 시를 노래한다. 천둥번개와 초원과 어둠과 별천지에 낮게 묻어둔 말들이 꽃을 피우듯 '말의 빛'이 되는 순간을 시인은 기다리고 만들어낸다. 시인에게 시는 "살아온, 살아있는, 살아있을" 생과 동일시되면서 절대적 가치를 획득한다. 화자는 시를 '말들의 무덤'이라 하면서 이것들을 받아 적기 위해 에둘러 배회의 전략을 쓰지 않는다. 시를 향한 끝없는 도정 자체가 바로 조영심의 시를 만들어내기 때문이다. 시에 대한 갈망은 지극함을 넘어선 죽음에 가깝기도 하고, 신음 한 점 허용하지 않는 침묵이며, '돌의 뼈'와 같은 풍화의 결정물이다. 그래서 화자가 보여주는 갈망 자체가 그의 삶이며 시라고 할 수 있다.

화자는 언어와의 시적 교감을 시도한다. 이러한 모습은 두 번째 시집 『소리의 정원』에서도 보였던 풍경인데, 이번 시집에서는 더욱 적극적으로 드러난다. 화자가 시의 매개인 언어와 교감을 시도하는 그 순간은 "여린 햇살로 익혀진 돌무지에 간절함"이 새겨지는 시간이며, 그 '소리들'이 "돌의 탑을 돌고 돌아 다시 말의 빛이 되는" 영적 순간이다. 이 순간의 교감은 시인이 언어와 진정한 만남을 가질 수 있는 전제가 되며, 그의 시학이 완성되는 일련의 과정을 보여준다.

시를 '말들의 무덤'으로 비유한 시인은 시작의 공간, 꿈꾸기의 공간 속에서 탈주를 시도한다. 이는 오히려 시를 위한 몸부림의 흔적이며, 시에 새겨질 하나의 문양이다. "벅찬 숨을 고르는 그 자리쯤"에서 시인은 시와 현실 사이의 갈등과 긴장을 고스란히 전개한다. 그에게 시란 "숨을 눌러 덮어야할 한 소절"이기 때문이다. 정신적 고투의 드라마를 상징하기 위해 마련한 상징적 공간에서 시인은 시작詩作에 대한 예민한 의식을 드러내며 본원적 정신세계 혹은 실재 세계와의 교통을 시도한다. 말의 지극함이 날아가지 않도록 시도하는 교통의 방법은 자기 수련의 또다른 모습이다. 시인은 말들이 눌려지고 낮아지고 앙상해질 때, 그제야 '말의 빛'을 얻어 "말로 할 수 없는 말"이 된다고 고백한다. 죽어야 숨을 얻을 수 있는 말의 무덤이 된다는 것이다. 얼마나 서늘한 구도求道인가.

　　물감 통 하나 달랑 둘러메고 시의 길모퉁이를 떠돌아다닌 가난한 화가가 있지 시가 될지 그림이 될지 모르는 요망한 년……, 시부렁거리는 너의 목소리는 잘 그려진 잘 써진 부적이야, 그게 시야 그림이야! 비아냥거려도 시인은 그림을 그리고 화가는 시를 쓰게 되는 거지

　　저기 개통밭에 장미가 있어 모든 것을 백만 송이 그 장미꽃에 걸었다고 하자 말해봐, 지금 내가 떠나보낸 것은 시야 그림이야

　　내가 그를 밀쳐내고 사람들은 여전히 그의 그림에서 나의 시를

읽어내지 못하는 동안, 물감을 쥐어짜듯 늘 배고픈 그에게 꽃은
꽃일 뿐 백만 번이고 꺾일 시일뿐 시들어버렸을 뿐

환청으로 말을 걸어오는 꽃향기, 그림에 시를 불러들인 것일
까 시를 그림으로 받아 적은 것일까 이게 그림이야, 시야, 옘병
하네……, 니가 아무리 눈을 흘겨도

이 부적 사실 분 계셔요?
─「부적 2 ─시 또는 그림」전문

대부분의 시인은 대상의 아름다움을 접촉할 때 그것의 본질
을 꿰뚫어 존재의 전화轉化를 꾀한다. 시인뿐만이 아니라 화가
나 음악가 등 모든 예술가가 각각의 양식으로 이러한 시도를 두
려워하지 않는다. 시인은 "시의 길모퉁이"를 돌아다니는 '가난
한 화가'를 등장시킨다. 그러면서 시와 그림의 상동성을 전제로
시를 전개한다. "시인은 그림을 그리고 화가는 시를 쓰게" 된다
는 로마 시대의 호라티우스Quintus Horatius Flaccus의 시학에서
비롯된 이 말처럼 예술가는 양식의 편협성과 경직성에서 벗어
나 대상의 감흥에 집중해야 하려고 한다.「부적 2 ─시 또는 그림」
의 화자 역시 시와 그림을 통해 시의 본질에 적극적으로 다가서
려고 한다. 하지만 그 대상은 시인이 다가설수록 자신의 본 모습
을 좀처럼 보여주지 않는다. "개똥밭에 장미꽃이 있어 모든 것
을 백만 송이 그 장미꽃에게" 거는 모험이 시인지 그림인지 우
리에게 되묻는다. 개똥밭에 장미를 피우는 것은, 시적 대상에게

생명을 불어 넣어주는 것과 다르지 않고, 시인의 상상력에 의해서만 가능한 것이다. 시인은 장미에게 아름다움을 부여하고 그것이 시詩임을 이야기한다. 더불어 화가에 비해 미흡한 시인의 좌절도 그려진다. 화가의 그림에서 "시를 읽어내지 못하는" 동안 시인의 시는 시들어버린다는 것이다. 하지만 화가가 시를 불러들이고 시를 그림으로 받아 적은 것은 결국 대상의 급격한 동화를 위한 과정에 불과하다. 시인인 화자가 대상과의 접촉을 통해 자기 존재도 동화가 되면서 시는 하나의 주술적 힘까지 획득하게 되기 때문이다. 시와 그림의 무너진 경계 언저리에서 그 힘이 비롯된다. 그 자리가 바로 시인의 열망의 자리다. 시인이 참다운 시를 완성할 때 시인은 완전한 부활, 시와 그림의 존재 전화를 이룰 수 있다. 그것이 시인의 감추어진 내면이며, 시인 내면에 잠자고 있던 아름다운 인식을 깨우는 작업이기도 하다. 화자는 이 주술의 힘을 '부적'이라 부르는 근거 역시 여기에 존재한다. 불길한 재앙을 물리치는 힘, 신비적 마력을 시에 부여할 수 있는 자가 시인임을 은연중 밝히고 있는 것이다.

모르고 **드는 것이 정이라**

대청을 빗질하며 무심히 **드나드는 바람이라** 마음이 먼저 알고 **앞서 건너는 강이라** 저도 모르는 사이 옷 적시고 살갗을 **간지럽히는 가랑비라** 들고난 후 찰대로 차야만 **넘쳐버리는 보洑인 것이라** 정은 **그런 것이라**

너와 나 사이를 수도 없이 오가며 **터놓은 길이라** 수백 수천의 눈길로 알게 모르게 **지워버린 간격이라** 서로에게 **흡수된 액체라** 네가 맘이 아프면 내가 덩달아 쓰려오는 **생채기인지라** 고통으로 **휘게 하는 서로의 등짐이라**

우리는 달빛 속 그림자인지라

가까울수록 짧아지고 멀수록 **길어지는 해바라기라** 그것이 **정 인지라** 든 자리 모르고 있다가 난 자리에 가슴 철렁, **멍드는 사 랑인지라**

망각의 강가에서도 나직이 입술만 달싹거려도 한 번 든 정은 홀연히 **되살아나는 눈빛이라**

긁어 파고 긁어 새긴 우리의 이름을 묻은, **무던한 무덤인지라**
―「정. 떼다」전문

앞선 시론 성격의 작품 맥락 안에서 조영심 시인의 시의 힘이 어디에서 발원되는지를 살펴보자. 이것은 그리 고난도의 작업 이 아닐텐데, 이번 시집을 통해 선명히 확인되듯이 그립고 안타 깝고 외로운 심사心事가 가장 깊고 강력한 시적 근원이 되고 있 다. 이젠 잃어버린 대상을 언어로 재생하면서, 자기감정을 고스 란히 풀어놓는 욕망의 한복판에서 그의 시가 시작된다. 그러나 좋은 시는 단지 그리움의 토로에 그치는 것이 아니라 언어의 긴장 있는 배치를 통해 감정을 객관화되어야 한다는 것이 주지의 사실이다. 조영심 시인 역시 단순한 감정의 분출에서 벗어나 감정을 객관화함으로써 오히려 시적 발화와 주체 사이의 팽팽한 긴장을 발생시키고 이를 통해 감정을 증발시키지 않도록 조심한다. 동시에 작품 속의 '너'와 '나'에게 고유명사이면서 보통명사의 이중적 자격을 부여하면서 공감의 긴장을 지켜내는 전략을 구사하면서 작품 속의 그리움의 깊이와 폭을 확보한다.

시인은 이 작품에서 '바람'과 '강'과 '가랑비' '보' '길'을 통해 '정'을 물질적으로 형상화시키는 한편, '생채기'와 '등짐'을 통해 감정의 팽창 압력을 증가시키고 있다. 사무친 그리움을 애써 묻을 수밖에 없는 안타까움과 애절함이 하나의 '무덤'과 같다고 화자는 토로한다. "가까울수록 짧아지고 멀수록 길어지는" 안타까움과 정은 시퍼렇게 '멍든 사랑'의 또다른 얼굴이다. '너'에 대한 사랑과 기억을 현재에도 지속할 수 있다고 여기고 과거와 같은 아름다움을 지금도 경험할 수 있기를 욕망한다면, 이 아픈 기억은 추억을 생성할 수 없다. 추억은 이제 다가설 수 없이 아련하고 아픈 시절에 대한 기억이며 사랑의 부재가 오히려 그 사랑의 존재를 더욱 분명하게 해주기 때문이다. 이러한 사랑의 역설적 태도는 이 시집 전반에 드러나 있기도 하다. 이를테면 "시월 어디쯤에 사월은 살고 있었나"(「시월의 봄」), "놓쳐야 로맨스가 되는 사랑"(「도서관 로맨스」), "보려고 할수록 눈에 보이지 않던"(「매직아이」), "네가 가고 없어도/ 빈자리에 너는 남아"(「빈자리」) 등의 시행 속에서 당신과의 그 무성했던 사랑은 불가능함으로 치닫지만, 그 사랑의 부재마저 사랑하게 되는 시인의 마음은

'무던한 무덤' 속에 소중하게 보관된다. 그것은 훼손이 아닌 보존의 양식이다. 제목에서 정을 떼겠다는 시인의 작심作心을 곧이곧대로 믿을 독자는 없을 것이다.

또한 이 작품에서 간과할 수 없는 부분은 시인의 미학적 태도이다. 조영심 시인은 이 작품에 '~이라'라는 어미를 사용하는 동시에 굵은 서체로 표기함으로써, 시의 음악성을 한층 압축하는 동시에 사랑과 정에 대한 시인의 자기 인식을 명료하게 드러내는 효과를 거주고 있다. 이러한 미학적 실험은 두 번째 시집『소리의 정원』의 연장선상에 놓여 있으면서 이번 시집 「광장 이용 안내」나 「간다, 물 먹으로」, 「요절시인께 드리는 편지」, 「먼 나라 우화」 등의 작품에서도 지속적으로 나타난다. 기괴하며 과도한 방식의 형식 실험이나 파괴가 아니라 오로지 자기 시에 최적의 효율성을 보탤 수 있는 실험과 확장에 주저하지 않는 이러한 모습은, 조영심 시인의 시적 진심이 전해지는 하나의 자세라고 할 수 있다.

오시는가 하여 당신의 창가에 앉았습니다 진득하게 내리는 비는 어느 애통의 시간을 건너가더니 창밖에 내 존재를 밝히던 불빛마저 검게 적시고요

제 노래를 잊은 참새들이 홀로 선 벚나무에 낮고 작은 그림자로 앉자 이 밤도 비로소 쉽게 젖어가는 중입니다

늦게 당도한 여린 빗방울만 멈춤 없이 내 연애의 기억 속으로

흐르고 있어요 바람의 땅에, 빗살이 세워지는 거기에 입술로 당신의 이름을 그려봅니다

당신은 덩그렁 빗살무늬 쇠북, 당신의 가슴팍을 두드리며 기대었던 나는, 제풀에 겨워 숨결이 풀리고 풀어져 바스러져가는 나무입니다

어찌 나무가 쇠를 견딜까요

당신은 그림자도 없이, 젖을 줄도 모르고 짙은 빗속으로 다시 멀어져 갑니다 그 창살로 나를 치소서

—「회화」전문

시인에게 사랑과 그리움은 무엇을 의미하는 것일까? 조영심 시인은 그리움의 어떤 힘, 추억의 어떤 힘으로 영혼을 맑게 재생시키고 있다. 그리움을 추억으로 불러일으키고, 추억으로 스스로를 지탱한다. 창밖의 비는 애통함으로 그려지고, 당신을 기다리는 화자는 당신의 부재로 존재적 의미를 소실한다. '제 노래를 잊은 참새'나 '늦게 도착한 여린 빗방울'과 같은 객관적 상관물이 이런 화자의 내면 풍경을 고스란히 보여준다. 쇠북인 당신의 가슴팍이나 겨우 두드리는 화자는 제풀에 바스러져가는 나무 기둥일 뿐, 도저히 당신을 이겨낼 수가 없다. 다만 "그림자도 없이, 젖을 줄도 모르"는 당신에 대한 성찰이, 당신의 부재와 존재를 모두 안고 살아가야 하는 화자의 운명을 재차 확인시켜줄 뿐

이다. "짙은 빗속으로 다시 멀어져"가는 당신의 소멸에 대한 인정과 발견을, 시인은 역설적으로 사랑에 대한 인식의 확장을 보여준다.

끝없는 기다림의 시간 속에서도 당신은 그저 '빗살무늬 쇠북'일 뿐이다. 내가 당신의 이름을 빗살로 새겨도 당신은 멀어져만 간다. 이렇게 멀어지는 당신에 대한 나의 미련 혹은 그리움은 당신과의 관계 소멸을 더욱 선명하게 그려낸다. 종을 이겨내지 못하는 나무기둥처럼, 쇠를 견디지 못하는 나무의 아픔은 온전히 화자의 몫이며, 그것이 결국 화자의 사랑을 상징하게 된다. 화자가 진실을 온전히 체화해내는 순간 비로소 고통은 더 이상 고통으로 여겨지지 않고, 소멸의 허무주의에서도 벗어날 수 있기 때문이다. 이것이 시인이 보여주는 사랑에 대한 믿음이다. 차라리 "그 창살로 나를 치소서"라고 울부짖는 화자의 외침은 사랑의 운명을 받아들여 오히려 내면적 고통을 배가시키는데, 그럴수록 독자는 시인의 열망이 얼마나 열렬한가를 선명하게 느낄수 있다.

이러한 열망은 표제작 「그리움의 크기」에서도 잘 드러난다. "벼랑 끝에서도 한 줄 소식에 달게, 매달리는" 시적 풍경은 시인이 그리움을 어떤 방식으로 수용하고 체화하는지를 단적으로 보여준다. 한 뼘의 길이로는 담아낼 수 없는 그리움과 안타까움은 기껏 다섯 줄의 단문에서 다섯 장의 장문으로 넓혀지지만, 화자의 부푼 그리움을 온전히 담아낼 수는 없다. 화자가 지닌 그리움은 세상이 알 수 없는 크기여서, 하늘이나 땅이라야 겨우 짐작할 수 있을 뿐이다. 이렇게 조영심 시인의 사랑과 그리움은 소멸과 부재의 방식으로 그 존재를 드러내는 미학적 특징을 가지고 있다.

조영심 시인의 첫 시집『담을 헐다』의 작품 해설에서 신진숙 평론가는, 투명하게 절제된 자기인식의 엄중함을 통해 타인의 삶에 대한 이해와 생 자체에 대한 긍정하는 모습을 높게 평가하였다. 그리고 이문재 시인은 조영심 시인의 두 번째 시집『소리의 정원』의 해설에서 기미와 징후를 선취하는 시인의 남다른 능력을 눈여겨보며, 고통에 대한 감각과 사회적 상상력, 들숨과 날숨의 숨의 상상력을 그만의 시적 에너지로 진단하였다. 이번 세 번째 시집『그리움의 크기』는 이러한 시적 세계가 더욱 심화되고 특화되었다고 할 수 있다. 이전의 사회적 상상력은 역사적 상상력으로, 사랑의 부재는 사랑의 소멸로 심화되고, 죽음에 대한 천착과 미학적 형식 실험 역시 꾸준히 특화되고 있음을 확인할 수 있었다.

특히 이번 시집에서 눈여겨볼 부분은, 요즘 시단에서 보기 드문 역사의 비극성과 당신의 부재에 대한 육성으로 자신만의 개성적 시세계를 더욱 견고하게 구축하고 있다는 점이다. 조영심 시인은 대상의 부재와 상실, 소멸에 대한 의식을 자기 존재 확인의 확고한 방식과 전략으로 삼고 있다. 이 지점이 조영심 시인의 시적 매력이라고 할 수 있는데, 단순히 소멸의 인정을 통해 자기 삶을 확인하는 것이 아니라, 오히려 소멸 자체의 압도적인 비극성에 점점 이끌려가는 모습까지 가감 없이 보여주는 과감성도 갖추고 있다. 평생 설움을 악물고 황소처럼 일만하다 담살이를 벗어나지 못하고 생을 마감한 이나, 집을 나선 지 육십년 만에 붉은 황토 분가루로 돌아온 아버지나, 무덤 속에 갇혀야 살아나는 시詩나, 모두가 소멸의 또 다른 대상이며 태도이다. 결국 상실과 소멸에 동화된 시인은 자신 역시 소멸되어 가고 있음을 깨닫게 된다. 하지만 조영심 시인은 부재와 상실, 소멸에 대한 목격과 인정을 통해 자기 소멸을 넘어선 자기 극복의 의지를 놓치지 않는다. 시인은 상실과 소멸의 위태로운 경계선에 간신히 걸음을 멈추고 있다. 죽음이 스며있는 그 풍경, 그 경계이어야만, 죽음으로도 소멸되지 않는 것들을 그려낼 수 있기 때문이다.

이번 『그리움의 크기』를 통해 드러난 조영심 시인의 정체는, 부재와 소멸의 고독을 받아들이면서도 사랑을 찾아나서는 자이다. 비록 여전한 외로움에 고통스러워 할 것이며 시 쓰기를 통해서도 그 고통이 사라지지는 않겠지만 위태로운 그 자리가 조영심 시인의 시의 자리임도 더욱 분명해질 것이다. 우리가 그를 응원하는 이유도 여기에 있다고 하겠다.

조영심 시집

그리움의 크기

발   행 2020년 9월 20일
지 은 이 조영심
펴 낸 이 반송림
편집디자인 김지호
펴 낸 곳 도서출판 지혜 · 계간시전문지 애지
기획위원 반경환 이형권
주   소 34624 대전광역시 동구 태전로 57, 2층 도서출판 지혜 (삼성동)
전   화 042-625-1140
팩   스 042-627-1140
전자우편 ejisarang@hanmail.net
애지카페 cafe.daum.net/ejiliterature

ISBN : 979-11-5728-411-5 03810
값 10,000원

 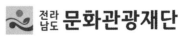

* 이 책(공연, 전시)은 전라남도, (재)전라남도문화관광재단의 후원을 받아 발간(제작)되
   었습니다.

조영심

조영심 시인은 전라북도 전주에서 태어났고, 현재 여수정보과학고등학교 영어
교사로 재직 중이다. 2007년, 계간시전문지 『애지』로 등단했으며, 시집으로는
『담을 헐다』와 『소리의 정원』이 있다.
조영심 시인은 그의 세 번째 시집인 『그리움의 크기』를 통해 부재와 소멸의 고독
을 받아들이면서도 사랑을 찾아나선다. 비록 여전한 외로움에 고통스러워 할 것
이며 시 쓰기를 통해서도 그 고통이 사라지는 않겠지만 위태로운 그 자리가 조
영심 시인의 시의 자리임도 더욱 분명해질 것이다.

이메일 : titirangs@hanmail.net